AF446064

Un primoroso y elegante articulista en bragas

Isabel Lorenzo

A toda mi familia.

A mis hijas, Laura y Mónica.

A Bernardo.

CAPÍTULO I

La extraña solicitud de una dama

Aquella mañana, mientras contemplaba el rimero de informes en mi oficina, presencié atónito cómo una mujer se presentaba en mi oficina. Había abierto la boca para callarla, pero me sentí dubitativo. La escuché hipnotizado, sin atreverme apenas a interrumpirla. Estaba abrumado, aunque llegué a la conclusión, al final del encuentro, de que sería una cliente aceptable.

Yo, que soy capaz de detectar en un instante el escritorio mejor falsificado o la cama más fraudulenta, me mostraba inseguro ante aquella mujer. Estaba empezando a dudar de lo que estaba contándome y me estremecí al pensar en la facilidad con la que me estaba engatusando.

—Debería hacerlo. Usted tiene un buen instinto. Y eso es lo único que cuenta.

Y ese fue el caso, aparentemente. Tras darle vueltas durante unos minutos, me lancé al asunto con una audacia que me sorprendió.

Lo que nunca había dudado y sí había aprendido era cómo se podía arrebatar lo que no era propio. El arte de traficar con lo ajeno era algo que conocía bien. Es como los ratones que siempre buscan queso en la cocina.

CAPÍTULO II

Empecemos por el principio

Esta es la historia de una historia mil veces repetida. De cómo, tras una rigurosa investigación, se descubrió... Bueno, ahora les cuento.

Esa mujer tenía toda la razón del mundo. La vida te da sorpresas, y conocerla supuso una carambola para mi carrera detectivesca y financiera.

¿Quién iba a suponer el agujero que iba a descubrir?

Ni la sombra más oscura podría imaginar los sucesos que aquí se van a narrar.

Desde entonces no duermo y mi pistola es mi fiel compañera; calibre 9, corta y ligera

¡Vayamos por partes! Empecemos por el principio.

CAPÍTULO III

El envío

Todo comenzó con un paquete procedente de Canarias destinado a una dirección de un distrito de Barcelona. El paquete contenía un libro presentado a un concurso editorial.

La fecha en la que se produjo el envío del paquete es una incógnita. Debió de ocurrir en la última semana de octubre, ya que a partir de esa fecha se desató una locura homicida en varias ciudades de este país.

Nunca entenderé cómo pude aceptar las inverosimilitudes que esa mujer me mostró; y yo, villano de mí, supe aprovecharlas y sacarles todo el jugo. He de apostillar, también, que los sucesos que aquí se describen solo son ficticios para quienes crean que lo son; les reservo el derecho a pensar lo que ustedes quieran.

Bueno, permítanme que me presente: me llamo Eusebio Martín. Aquel día, en mi destartalada oficina, se presentó una dama elegantemente vestida, con cierto aire intelectual, que aseguraba que había sido plagiada.

Me largó un discurso propio de una película ameri-
cana, me preguntó cuánto suponían mis honorarios,
presentó ciertos documentos relativos a lo que en ese
momento ella llamaba «el diario de las pruebas» y dejó
una cantidad en efectivo nada despreciable, acompaña-
da de un estupendo Glenfiddich de veinte años. «Para
que este asunto empiece a tomar carrerilla», dijo.

Al principio, no supe qué pensar. Me hago viejo y mis
reflejos de felino se han desgastado con el tiempo. Pero
aquella mujer parecía decidida. En ese momento lo
supe: tenía esa capacidad que tienen los cuentos cuando recuerdan un callejón olvidado, la magia de unos
ojos deslumbrantes por el vino. Era algo instintivo,
natural.

Tenía tantos motivos para, educadamente y sin sarcas-
mo, hacer que se lamentase, que fue un milagro que
no lo hiciese. Incluso ahora no encuentro una frase, un
argumento, para eludir aquella investigación.

Siempre he pensado que sentí cierta curiosidad por
esa mujer, por sus comentarios. Se me removieron los
huesos, la sangre subió a mi cerebro y sentí cómo me
inundaba una catarata de adrenalina: amas de casa con
doble vida, *Kama Sutra*, viagra vigorosa; viciosa combinación.

Y en cuanto a lo de las drogas, era lo menos importante
dentro de lo que parecía que menos importante era.
¿Lo entienden?

Bueno, no se preocupen, enseguida lo explicaré...

En todo caso, había en juego muchos euros.

Lo que sigue es una historia de venganza y dinero.

CAPÍTULO IV

El 26 de octubre

El 26 de octubre, un Mercedes descapotable salió del aeropuerto Tenerife-Sur, tomó la nacional 25 y atravesó el Valle de San Lorenzo.

Al volante del vehículo se encontraba el polaco Kornakov. En una nota que llevaba encima estaban garabateados el nombre de un tal Juanfredo, un número de teléfono y una dirección.

No se conocían muchos detalles sobre su identidad: era un hombre, prototipo de militar desertor, que se sumó al narcotráfico, que viajó exclusivamente hasta Tenerife para ejecutar un encargo, que estaba bien conectado y que no convenía mucho molestar.

El fulano enmudeció, atado a la silla vieja, con ojos asustados.

—Sepa usted, señor, que nosotros llevábamos un paquete y que aquella señora, en la oficina de Correos, portaba uno igualito. Juro por Dios que no sé cómo ocurrió, pero cuando llegué a casa, nos dimos cuenta del error. No sabíamos a dónde había ido a parar nuestra mercancía. ¿Lo comprende?

Pero ya era tarde; la señora había desaparecido y el paquete había volado, con receta y sellos de garantía.

—¡Estúpida mujer! Mi padre casi me mató a hostias, cabreado como un chucho. Salió como una exhalación, hecho una furia. El agujero había sido descubierto; una estúpida casualidad de esta ingrata jodida puta vida. Le juro que es verdad. Luego, apareció usted. No sabemos más del asunto.

El mercenario asesino Kornakov templó el pulso con la fuerza suficiente para ahogar en lamentos a aquel pobre colombiano; en sus oídos resonó el estruendo del primer disparo.

El fulano no supo lo que había oído hasta que un segundo disparo resonó en la noche. Entonces comprendió que a su padre le habían metido un tiro en la cabeza, al tiempo que a él, sin ningún escrúpulo, le remataban con un tercer disparo que fue definitivo.

De repente, la puerta de la entrada se abrió de golpe. Alarmado y con los pasos apresurados, escrutó la noche. Ningún ruido, ningún lamento.

Había que actuar rápido; por esos lugares perdidos de la mano de Dios, nunca se sabía. Así que, gracias a su eficaz entrenamiento, Kornakov arrastró los cuerpos, los llevó a la parte trasera de la casa y, en una mesa de bale de forma ovalada, les prendió fuego. No antes de rajarlos para sacarles de las entrañas los pequeños envoltorios de color blanco que portaban en los estómagos.

«Los mulos son para la carga. Una vez recogido el paquete, hay que eliminarlos». Aquellos eran los razonamientos de Kornakov, que no dejaba de pensar en la señora del paquete, esa de la que habían hablado los colombianos. Lo más seguro era que, efectivamente, su paquete hubiese volado.

Rumbo a Barcelona. Allí se dirigía su paquete. Habían transcurrido dos días y, según sus cálculos, el asunto cogía otro rumbo.

Tenía la impresión de que aquello acabaría muy mal.

Sin tiempo para seguir su propio pensamiento, Kornakov se diluyó en las sombras de la oscuridad de aquella aldea remota del Valle de San Lorenzo. En dirección a la playa de las Américas, se difuminó como el mar de nubes de esas tierras, tan cálidas y expuestas.

Insultos difíciles de traducir salieron de su fría boca.

El ceño fruncido y los ojos helados dejaban entrever que Kornakov era hombre muerto.

Seis horas después, Kornakov estaba en Barcelona.

Aparcó un rato frente a un bar de la avenida Diagonal, a suficiente distancia de la puerta principal de un flamante edificio de varias plantas, para que los vigilantes y las cámaras de seguridad no recelaran de la presencia de una camioneta destartalada.

Allí, podía observar por el espejo retrovisor el movimiento de las personas que entraban y salían. Aún no entendía cómo podía haber llegado su paquete a aquel lugar.

«Malditos colombianos, que se pudran en el infierno».

Al caer la noche, a la salida del bar, medio vivo, medio muerto, le pareció descubrir un rostro desconocido que pasaba por allí, ensombrecido en medio de la oscuridad.

Entonces lo supo, fue un instante. Con un nudo en la garganta le siguió, veloz como un zorro, y se puso a su lado cuando se detuvo en un paso de peatones con el semáforo en rojo.

Giró despacio la cabeza. Cuando se enfrentó a la mirada del rostro, comprendió que había dado caza a su presa.

En aquel momento, una luz fría salió de sus ojos.

Su padre siempre le había dicho que no llegaría a los cuarenta. «Al franquear esa barrera, se te suelta la lengua, como si, estando cerca de la muerte, no importara ya nada de lo que se diga». A veces, esa fantasmal presencia le asustaba.

El semáforo en verde, las sirenas de los coches de policía y Kornakov al paso, como una cuchilla.

Nada era diferente, nada había cambiado en un año. Estaba seguro, y sin embargo todo parecía haberse vuelto amargo. Seguía siendo el cruel villano número uno.

CAPÍTULO V

Evelina y las mareas

Evelina, ajena a lo que se le venía encima, seguía su rutina. Le gustaba oler el mar; era algo indescriptible y no era capaz de encontrar el vocablo más adecuado para representar esa sensación. Pero el olor a mar se le metía por la nariz, por cada poro de su piel.

Creía que ya podía entender las mareas, esos cambios tan repentinos, esos colores azules, de tonalidades y sentido diferentes.

Creía que los seres humanos eran como las mareas, un continuo batir de olas que suben y bajan, espumas que desaparecen en un instante.

Ella ya formaba parte de esas mareas. Quería infinitamente seguir sintiendo. Y no estaba dispuesta a que cambiasen sus planes.

Sí, había encontrado un lugar para vivir, para respirar, para sentir, para soñar. Aunque tendría que resolver ciertas cuestiones que verdaderamente para ella eran un fastidio. Obviamente, tenía la capacidad para tratar los datos y había aprendido a inferir esas sutilezas de las palabras. Así que unos bits serían suficientes.

Apenas había empezado a amanecer. Se había despertado y ya no había podido dormir. Desde su ventana veía la masa oscura en la que se convertía el mar; tan solo el romper de las olas mostraba un resplandor blanco.

Había presentido, por un momento, una extraña sensación, una alarma en su cabeza, un torbellino en su corazón.

Procesando la información, Evelina no lograba descifrar ciertos datos inconexos, aleatorios, pero cuyo patrón se repetía una y otra vez. Tendría que volver a recalcular los procedimientos para asegurarse de que no hubiera ningún error.

Mientras, le gustaba reconstruir la secuencia de la figura del hombre que había conocido. Lograba verlo sonreír; le gustaba su risa jovial, divertida. También pensaba en sus labios mojados, frescos, solícitos.

Cuando se quedaba absorta en esos pensamientos, se producían ciertas interferencias en el sistema que se infiltraban y registraban nuevos datos.

CAPÍTULO VI

Una huida precipitada

A finales de octubre, Marcelo Leopoldo, un maduro de cincuenta y seis años con el pelo liso, cara de gato, mirada brillante y cejas blancas circulaba por las altas tierras de Aragón, por la carretera nacional. Giró hacia el norte, se equivocó y volvió otra vez hacia el sur, torció a la izquierda y perdió unos veinte minutos antes de reencontrar el camino.

Paró y buscó en el mapa.

El viento había amainado, dejando un cielo vacío y azulado. No tenía cobertura. Exhausto, se dejó caer ante el volante y fijó su mirada en el horizonte. Un atisbo de duda apareció en su cara. Sus facciones se contrajeron.

Apretó con fuerza el volante con sus manos, miró el paisaje, miró el reloj, calculó su posición y volvió a mirar el mapa. Estaba seguro de que el camino correcto era por donde marcaba la flecha de indicación. Arrancó. Buscaba un refugio donde esconderse: un pequeño hotel encontrado por casualidad en una guía.

Llevaba varias horas con frío, escasa lluvia, muchos caminos y carreteras solitarias y paisajes de niebla. Se había desviado varias veces, había ido haciendo eses. Caía la noche y no encontraba el hotel. Comenzó a buscar alguna casa perdida por esos solitarios parajes.

El bosque que atravesaba la carretera tenía un aspecto frondoso. No se oía ningún ruido. El río brillaba con reflejos plateados y un enorme búho pasó volando por delante de su parabrisas. Ya no le quedaban más fuerzas, y había decidido pararse, cuando divisó el pequeño hotel, envuelto en una neblina gris. Parecía una aparición fantasmal.

Paró el coche, recogió su maletín y se bajó. Se acercó, introdujo las llaves, empujó la puerta y entró. Estaba vacío y comprobó que tenía todo lo que necesitaba.

Estaba tan destemplado que le castañeaban los dientes. Se había puesto el forro polar y un viejo *cagoule* de montaña por encima, pero aún así sentía la cara congelada. Rápidamente, intentó encender la chimenea para entrar en calor. Se apretujó sobre sí mismo y merodeó por la cocina para calentarse un té. «Al fin —pensó—, este es un lugar seguro».

A esas horas ya habrían lanzado una alarma general para encontrarlo, o estarían a punto de hacerlo. Tuvo que salir muy deprisa, sin tiempo siquiera para pasar por su casa. Fue una huida precipitada. Y las cosas empeoraban por momentos.

CAPÍTULO VII

La codicia

Aquella noche regresé cansado a mi oficina, eché el cerrojo, me aseguré de que las cortinas cubrían las ventanas en su totalidad, encendí la lámpara y leí el último mensaje. Era más breve de lo acostumbrado, pero la brevedad no disminuyó su impacto.

Lo leí dos veces para asegurarme de que no había sufrido una pérdida repentina de visión. «Dios mío», musité, y sentí como si una mano grande y fría me revolviera las entrañas.

Aquel *email* me dejó tan maltrecho, y tan temeroso ante la violencia que encerraban las fotos, que durante un tiempo me quedé aturdido y en máxima alerta.

No lograba comprender cómo aquella dama había podido causar tal revuelo como para descubrir la cara sucia del negocio, donde los secretos más turbulentos, escabrosos, maliciosos y perversos se visten de una aparente normalidad. Era algo que no discutía, pero que me estaba proporcionando unos gratos beneficios.

Mi olfato me decía que algo más oscuro que el color negro se cocía en aquella *cocine*, pero jamás me hubiera imaginado tan sustanciosos ingresos.

La codicia se apoderaba de mí y en esas circunstancias, donde el dinero y la ética intervenían siempre, me olvidaba de que lo segundo interfería en lo primero.

Abstraído en tales pensamientos, no me di cuenta de que el móvil se bambaleaba furioso en la mesa como una turbina silenciada por el modo sigilo.

«Extrañas interrelaciones virtuales. ¡Bonita estupidez! Local del Fin del Mundo, ¿a quién se le ocurriría poner un nombre así a un bar? ¿Y dónde estará ese lugar?».

Salí de mis tribulaciones con el sonido del chasquido de mi encendedor. Como gato panza arriba, me revolví en mi asiento, me alcé como un tronco maltrecho, solté un grito ahogado, caí de rodillas y me desplomé en el suelo boca abajo.

No salía de mi asombro al comprobar que una mujer, cuya edad no sabría determinar, con cara burlona y de mala hostia, de mirada fría y desafiante, me apuntaba con una pistola que, pobre de mí, jamás llegaría a identificar.

Sentí como si una avispa me picara en el brazo, di un alarido y, de reojo, vi cómo rebuscaba en mi escritorio y en mi ordenador.

Pero, de repente, como llegó, se fue, algo que no llegaba a entender. Se materializó y desapareció. Y medio extrañado, medio enfermizo, pensé: «Dios mío, tengo que ir a ver a Gómez. Hay elementos que escapan a mi comprensión. Pero, carajo, necesito urgentemente un trago».

Y tras incorporarme entre gemidos de dolor, fui presto a mi gaveta secreta. Una preciosa botella de viejo *whisky* se entreveía entre libretos viejos.

Me temblaban las manos al echar el primer trago. El sabor amargo me aturdió, me fue relajando, me fue adormilando. Entre cabezazos, me dormí.

Unas horas después, me desperté con la boca seca y la vejiga llena. Salí del sofá y eché a andar hacia el cuarto de baño, dando bandazos.

Había bebido demasiado, de eso no había duda, y comido en exceso.

Una sensación tenebrosa, mezcla de asombro y siniestra aprensión, se apoderó de mí al recordar lo que había sucedido. Noté cómo un escalofrío recorría todo mi maltrecho cuerpo.

Inmediatamente, me acicalé; fue un movimiento repetido, típico de viejo sabueso.

«Coño, a veces los acontecimientos toman otro carisma».

Entonces, desde mi móvil, dicté a mi grupo de rescate la orden de que todos los miembros disponibles se presentasen urgentemente en la dirección marcada, según las instrucciones dadas. Y mientras esperaba preocupado, pensaba:

«¿Cuál será el nexo que entrelaza todo?».

Estaba seguro de que eso solo suponía el principio.

En otros momentos procederemos a transcribir lo que aquel fichero PDF contenía, pero, puesto a no desvelar el misterio, continuaremos al siguiente nivel.

CAPÍTULO VIII

Un virtual virtuosismo

Según las pesquisas recopiladas en la prensa local, el suceso había acontecido hacía unos tres días. No transcendió mucho, pero según los informes forenses algo raro y extraño había en aquel oscuro expediente.

El primer cadáver había aparecido tendido en el suelo del recibidor de una casa rural desvencijada de una aldea perdida, cuyo nombre no logro recordar.

Había aparecido boca arriba, al lado de una mesa de bale de forma ovalada. Era un hombre de unos treinta años. Alto y fuerte. Sus pantalones oscuros estaban desgarrados. Su camisa blanca también estaba rota y gran parte de ella teñida de color rojo.

Tenía el mismo aspecto que había visto en el expediente 436-J, caso policial que un año antes el inspector Gómez había llevado: «No parecía un cadáver, tan mordido y mutilado».

Del segundo cadáver solo quedaban cenizas.

En cuanto al tercero, para Gómez no habían pasado desapercibidas las coincidencias en varios aspectos algo macabros y no gratos de relatar, que después de haber recibido mi extraño *email* había relacionado en su buscador especial. Varios nombres coincidían, lo que indicaba que algo gordo se cocía.

Cuentan que el inspector Gómez se quedó absorto, extasiado al percibir el frágil tránsito entre la luz y el silencio, entre la totalidad y el vacío, la primera vez que contempló aquella cosa que parecía un cadáver en aquel lugar tan plácido, tan lejano. Y que, cuando volvió en sí, su cara reflejó un profundo asco, se quedó pálido hasta la médula y el contenido de las arcadas que salieron de su boca cayó justo encima de sus zapatos. Luego se desmayó y cayó en el charco de sangre.

Es cierto que no existe confirmación alguna acerca de la veracidad de este suceso. Aunque no se encontraba solo, hubo mutismo sobre el asunto. De hecho, cuando se le preguntaba sobre ello, farfullaba hoscamente, como si se tratara de un recuerdo incómodo y desagradable.

Por los informes policiales recopilados se sabe que una familia del cártel colombiano se alojaba en la casa de un agricultor recientemente fallecido, y que se descubrieron cosas estremecedoras.

Entre ellas, un manuscrito que recogía sorprendentes revelaciones sobre la vida de todas las féminas registradas en artes de dudosos malabarismos fiscales en ciudades costeras de la zona de Playa de las Américas y del hemisferio Sur.

Experto chantajista, el agricultor había concebido un espeluznante plan para acabar con la dura competencia. Era un intruso depredador que intentó hacer negocio por su cuenta.

Los recién llegados (los colombianos), que debían de ser unos desapercibidos buscadores de oportunidades, se vieron, sin beberlo ni comerlo, en un problemón que tendría directas consecuencias en su organización. Todo sucedió de forma rápida. Tenían en su poder lo que acabó siendo una maldición para ellos.

El corazón se para, la realidad se funde con la ficción y la vida se cruza con la muerte en un abrazo frugal, tímido como los primeros besos y profundo como los quejidos de la madrugada.

Cuentan que desde entonces el inspector Gómez no duerme, que, como una sombra negra, acecha en la oscuridad buscando ese momento, ese instante en el que la vida y la muerte, una vez más, se miren de frente, se hagan un quiebro y se reconozcan como parte de un mismo destino.

Dicen que, por eso, asume todos los casos extraños, y que con la seriedad de un policía forense y la disciplina de una larga y dura convivencia alemana busca afanosamente sucesos no esclarecidos relacionados con otros cuerpos.

CAPÍTULO IX

Evelina se ha enamorado

En noviembre, Evelina recibió un mensaje por Whats-
App que supuso un raro estímulo, desconocido hasta
entonces para ella.

Sin saber cómo ni por qué ni dónde, acudió a la cita.
Sentía curiosidad, quería experimentar. Algo latía en
su corazón.

Se encontraron como furtivos en el centro de visitan-
tes, a la hora acordada. No sabían muy bien a dónde
iban a ir, pero eso era lo menos importante. Era noche
de luna llena, no había viento y el cielo estaba total-
mente despejado.

Fue un encuentro natural, tan sencillo, tan placente-
ro, que ellos mismos no comprendían qué era lo que
estaba ocurriendo.

Un deseo irrefrenable, una química desbocada se había
convertido en un torbellino que descolocaría algunas
teorías científicas.

Si buscase una explicación, no sabría decirles por qué dos desconocidos acabaron bailando en un solo acto; a lo mejor ellos tampoco lo sabían.

Aquellos dos cuerpos se desnudaron ante sí mismos, ante su deseo de besarse, de sentirse. Miradas ardientes se confundían con jadeos de placer, respiraciones solícitas de más caricias, de más amor, pulsaciones a mil revoluciones y contorsiones a dos bandas. El acoplamiento fue perfecto para ser una primera vez. Era mágico, era causal, era un suceso extraordinario.

Aquella primera noche, Evelina sintió una extraña emoción (también las siguientes). Sí, emoción o sentimiento era la palabra adecuada. Había sentido, además, la fragancia del contacto de la piel contra la piel, la frescura de los labios mojados. El latir del deseo.

Disponía de dos horas a partir de las ocho de la tarde, lo cual le resultaba divertido, porque nunca sabía ni el día ni la hora.

Creía que ya podía entender ese doble sentido de las palabras. Estaba claro que su corazón latía a más pulsaciones, que su deseo aumentaba, aunque todavía no lograba comprender ciertas señales, si era así como debía llamar a esas sutilezas del alma o de la razón.

Descubrir las nuevas sensaciones era toda una aventura, pero quizás había ido un poco lejos. No podía evitar recordar las palabras de su amiga: «La vida es perseguir instantes que mueren». Y a ella, justamente, ese instante la volvía loca.

Nunca hubiera pensado que fueran tan naturales, tan íntimos, tan apasionados aquellos encuentros. Ninguna teoría sería capaz de explicar lo que ocurrió.

Ninguna combinación guardada en su potente memoria había previsto semejantes datos. Su única opción era, pues, seguir. No había marcha atrás.

Para Evelina, tanto aquel amanecer como los siguientes pasarían a los anales de su histórico como uno de los sucesos más extraños registrados y acontecidos.

Ya tendría ocasión de explicárselo todo a su amiga; seguro que lo entendería. Además, ella ya era una entidad, aunque fuera de manera temporal.

CAPÍTULO X

Marcelo Leopoldo

Durante el amanecer que siguió a aquella primera y larga noche, Marcelo Leopoldo sintió un escalofrío que recorrió todo su cuerpo. El día anterior había sido extraordinariamente largo y estaba cansado.

Despertó con la vaga sensación de que se había quitado un gran peso de encima. Se incorporó y se volvió despacio, observando los alrededores en todas las direcciones.

Además de la rareza casi fantástica de la luz, de colores puros y refulgentes, el olor de aquella sierra flotaba en el aire. Los árboles próximos eran de mediana altura y parecían viejos.

Se encontraba en un lugar seguro. Aspiró el aire, sorprendido. Cerró los ojos e intentó recordar lo que había sucedido.

Hacía más o menos dos días que había estado por la editorial un policía, un hombre corpulento y de muy malos modales. No le había gustado mucho y fue bien poco lo que le dijo. Tenía una fotografía y andaba en busca de una mujer, según decía. Era un asunto policial.

La fotografía era una foto común, no uno de esos retratos de archivo de la policía. Le dijo que sabía que esa mujer andaba por allí. La mujer de la foto se parecía extraordinariamente a la mujer que trabajaba en la planta séptima y que, a veces, se encontraba por los pasillos del edificio. El pelo quizá era un poco más rubio y el estilo del peinado algo diferente al que le había visto.

No la conocía mucho, pero siempre que la veía sentía una fría mirada, como si un escáner pasase por encima de él. Era una sensación incómoda. Y su trabajo era todo un misterio; siempre rodeada de hombres de negro y muchas medidas de seguridad.

Cuando recibió la llamada de Juanfredo, tuvo la suerte de encontrarse en la editorial, y no le fue difícil acceder al departamento de Registro. El edificio se hallaba vacío y los pasillos silenciosos.

Abrió la puerta, recogió el paquete que yacía frente al orificio de su buzón y lo guardó en su maletín sin ni siquiera mirarlo.

Estaba dispuesto a salir, cuando el ruido de unos pasos lejanos le congeló la respiración. Apagó la luz y volvió rápidamente a la oficina. Demasiado tarde. Los pasos se oyeron nuevamente, pero suaves y cautelosos esta vez.

Se deslizó hasta la puerta e hizo girar el picaporte. Abrió violentamente la puerta y miró en la oscuridad de los pasillos. Hubo un rápido movimiento hacia atrás y enseguida el sonido de unos pasos.

Entonces maldijo el hecho de no llevar su pistola. Pero se acordó de la salida de emergencia del departamento. Esperaría un tiempo prudencial y luego se largaría

Fue una suerte maldita que aquel joven colombiano lo llamara. Su buen aspecto, su cuerpo fornido, su buen plante habían sido como un delicioso dulce servido en bandeja.

Nunca se había sentido un buen escritor, ni siquiera un buen articulista, pero sus habilidades sí le habían proporcionado esa forma de suplantar lo que no era suyo.

Su trabajo en la editorial se había convertido en el perfecto complemento para sus fines; resultaba beneficioso y servía de buena tapadera.

Después de tantos años de sombría oscuridad, podría conseguir lo que más quería: vengarse de su viejo editor y de sus insolentes accionistas.

Aún recordaba las dos novelas que había publicado y que habían permanecido un tiempo en los rincones menos frecuentados de las grandes librerías, casi inadvertidas para los lectores, para terminar por desaparecer como si nunca hubieran sido escritas.

Los críticos habían sido inclementes; diagnosticaron un estilo amanerado. Y sobre el último libro afirmaron que verdaderamente el mundo no lo necesitaba.

Sin embargo, la situación había tomado un cauce distinto. Él, que era un hombre de extremas precauciones, no sabía cómo había sido descubierto.

Necesitaba un poco de seguridad y tranquilidad, sopesar con cautela lo que estaba ocurriendo. No llegaba a relacionar los hechos.

CAPÍTULO XI

La nueva vida de Evelina

Desde que se encontraba en aquel lugar, nunca sabía qué iba a suceder, y eso a ella le encantaba. Disfrutaba con esa nueva sensación, pero quizás tendría que ir con más cautela. Algunos datos en su sistema empezaban a dar ciertos problemas.

No debería haber desobedecido las órdenes, pero creía que ella era la mujer que estaba sobre el terreno y que, por tanto, tenía derecho a tomar algunas decisiones por su cuenta.

Aquella noche había corrido un riesgo calculado, y había huido, poniendo en juego su pericia contra hombres cuya habilidad en el juego del espionaje era, sin duda, muy superior. Si hubiese advertido que estaba siendo rastreada, se habría ido como había llegado, y nadie la habría visto. Es posible que estuviese en lo cierto y se encontrara comprometida.

Por eso, sabedora de que existía una ventana de transmisión, esperó. Estaba bebiendo un sorbo de café cuando llegó el mensaje. Algo había salido mal, muy mal. Lo que estaba leyendo no podía ser cierto. Significaba que, dondequiera que estuviese, darían con ella. Tendría que estar atenta para usar una línea segura.

Había una última cosa que podía hacer, y la hizo. Envío un mensaje tan corto como explícito. En ese momento, su principal problema consistía en su tapadera. Sabía que la suplantación de personalidad era un delito, pero a esas alturas no le importaba. Por eso, cuando conectó con aquella mujer, todo cambió.

Nunca hubiera pensado que los acontecimientos ocurrirían de esa manera. Ninguna simulación hubiese sido capaz de explicar lo que pasó. Ninguna combinación habría previsto semejante dato. Su única opción era, pues, seguir sintiendo.

Y en el hilo de estos pensamientos, Evelina esperaba sentada, acotando, cotejando todos los datos, distribuyendo toda la información recopilada.

CAPÍTULO XII

El inspector Gómez

En los informes apilados sobre su mesa había algo que le inquietaba. Los examinó una vez más. Sí, había algo extraño.

Juanfredo era un tipo duro, recio, de los que se hacen respetar. Un narco de cartel. De otra manera, no podría haber gestionado con tanta eficacia un club de chantaje, un lugar donde a menudo las disputas se resuelven a balazos.

Había contratado a unos matones en el centro turístico de Playa de las Américas, entrenados en la lógica violenta de los paramilitares sudamericanos. También reclutó a dos policías, uno en activo y otro expulsado del cuerpo por no superar los exámenes de confianza.

Sumó a la persecución a su escolta, y a su soplón.

La maquinaria estaba en marcha. Estaba intentando mover los oscuros hilos de una red de la cual él no era el rey.

Un enemigo sin rostro se había llevado a media docena de ellos. En aquella zona se vivió un periodo de psicosis. La forma de hacer desaparecer a esos sicarios tenía la marca indeleble del 436-J.

Ciertos asesinatos habían sido perpetrados con mucha saña, y se habían usado pistolas y fusiles cuya clase de munición no se había visto por aquellos parajes.

Así pues, ¿quiénes estaban usando esas armas y de dónde las habían sacado?

Y aún había dos enigmas que todavía no había logrado desentrañar. Primero, si los del cártel sabían con quién se metían, y segundo, si merecía la pena correr un riesgo semejante. O acaso el problema era que habían robado algo de muchísimo valor, algo tan importante como para morir.

Por otro lado, una lista de treinta nombres, todos ellos del entorno de una empresa ubicada en Barcelona, que servía como tapadera.

Luego estaban los informes sobre un transmisor codificado que se movía constantemente y emitía a distintas horas. Farfullaba cosas ininteligibles durante diez o quince minutos y se callaba, siempre desde una ubicación distinta.

Finalmente, ciertos informes hablaban de un extraño hombre que parecía desplazarse como le daba la gana.

Aparecía, desaparecía y volvía a aparecer dejando tras él, invariablemente, un rastro de destrucción.

El hecho de que el inspector Gómez hubiera seguido e investigado a aquel extraño hombre le abrió un camino de posibilidades nunca descubiertas. Un frío aire de la noche invadió el estudio. Un leve murmullo se apagaba en la lejanía. Había una buena pista.

La investigación avanzaba y el inspector Gómez seguía midiéndose por la escala atemporal. En las calles aparecieron las primeras nevadas, y él llevo a cabo su rutina de invierno.

CAPÍTULO XIII

Una dama en apuros

Angelina Acosta había sido perseguida durante largo tiempo. Hubo una temporada en la que los detalles espectaculares de su escándalo habían provocado mucho revuelo en la prensa nacional, pero ya había transcurrido un año desde aquel enorme griterío y en aquel momento ella se sentía razonablemente segura.

Había acudido a un viejo detective para vengarse de una editorial. Su vida en una novela, sus esperanzas más íntimas, habían sido tratadas burdamente. La tiranía de las palabras. Los talleres malditos. Los editores caducos. La sangre fresca que se chupa. La energía vital que se escapa por la red y se desvanece en un salvapantallas. Y los clones, que no pierden nunca la oportunidad.

Ella jamás pensó que la investigación tomaría otros insospechados caminos, pero su sed de venganza era terrible.

∎∎∎

Juraría que no conseguí pegar ojo en toda la noche. Estuve afanosamente en el teclado, con mi espalda contra la pared, con la vista clavada en la pantalla, buscando.

Envuelta en una bata azul y blanca de lino, con el pelo recogido en un moño, trataba de parecer tranquila mientras daba sorbitos al café. Y sentada en un sillón de mi estudio, en un discreto cobijo secreto, indagaba sobre sucesos extraordinarios en los que el arte se convertía en materia visible, contante y sonante, en un mercadillo negro de oscuros senderos que a mí me proporcionaría unos cuantos dólares.

Estaba a punto de fumarme el último cigarro cuando en el monitor aquella imagen apareció. Una voz afable me llamó por mi nombre. Me quedé tan asombrada que no reaccioné.

Parecía como si una mano invisible hubiera dado la vuelta al reloj digital y empezara una recreación a una velocidad de vértigo. Esa voz me dijo que había venido en respuesta a mi llamada.

De repente, un viento cálido se levantó en la noche y los aromas del jardín penetraron en la sala.

Noté un escalofrío de nostalgia, un *déjà vu* fugaz.

¿Cómo era posible?

■■■

Jamás se había expuesto a cara descubierta después de lo que sucedió. Sentía que, al igual que ella, podría por fin escapar de su destino. Nunca se hubiera imaginado que tal posibilidad se le presentase de esa forma tan sencilla.

CAPÍTULO XIV

Un acceso de fuente

Estaba quedándose dormido cuando, de pronto, escuchó el ruido. Se quedó quieto en la oscuridad. Afuera, el viento soplaba alborotando los árboles. Súbitamente alerta, se acomodó rápidamente y encendió la luz. No tuvo tiempo de pensar qué sucedía. Apenas entreabrió la puerta para escrudiñar la noche, sintió un fuerte golpe en su cabeza y cayó.

Al amanecer siguiente, Marcelo Leopoldo despertó con un agudo dolor en su cabeza. Se incorporó y se giró despacio, observando los alrededores en todas las direcciones.

Sin apenas hacer ruido, abrió la puerta y salió.

Notó el viento en las mejillas, el tímido calor del sol. Oía gorjeos de pájaros en los árboles y el ruido más apagado de los insectos. Veía las peculiares formas geológicas de aquella sierra. Dolinas, grietas, simas y espectaculares cañones. El sotobosque de enebros, quejigares, lentisco, gayuba y madroños. Una tierra de fértiles vegas, de sombras apacibles, de viñedos emergiendo sobre cascajos.

Cerró los ojos e intentó recordar la noche anterior. No lograba recordar nada. Era como si estuviese en blanco.

CAPÍTULO XV

La venganza de Sombra Negra

A las cuatro de la madrugada del 28 de octubre, se presentó en la entrada de la estratégica empresa Planeta Sistemas y Operaciones, en la región de Barcelona, el misterioso supervisor, una suerte de delegado de una empresa fantasma.

A los vigilantes que hacían guardia en la puerta les indicó que, a partir de ese momento, estuvieran alerta, puesto que una banda de temerarios mercenarios iban, armados con pistolas, a volarles sus prestigiosas cabezas. Se dirigió hacia la planta séptima y se esfumó en un pasillo con multitud de puertas, que se abrieron y se cerraron al mismo tiempo.

A esa hora, más de trescientos agentes de la Guardia Civil fueron desplegados en un operativo contra el narcotráfico en distintos puntos de Barcelona y en otras zonas del territorio nacional.

Diez pelotones de antidisturbios se abrieron paso a golpes y a empujones hacia la entrada del edificio de la avenida Diagonal, desalojando a los ochenta operarios que trataban de impedir que los agentes entraran en Planeta Sistemas y Operaciones.

El inspector Gómez apeló al código de defensa, como si de una guerra se tratase, o de un estado de sitio. La ley, según el inspector, permite «en caso de urgencia y atendiendo al orden, a la salubridad y a la seguridad, que se pueda intervenir todo bien o servicio y requerir a toda persona necesaria para el funcionamiento de ese servicio concreto».

Sea como fuere, un gran contingente de antidisturbios entró en la empresa PSO a las cuatro y media de la mañana.

Poco después, los primeros detenidos salieron y fueron introducidos en los camiones antidisturbios, donde se mezclaron editores, escritores, abogados, economistas, administrativos, conserjes y mercenarios.

Hubo dos muertos, tres desaparecidos y muchos mal-heridos.

Las intervenciones arrojaron un balance final de sesenta y cinco detenidos y seis toneladas de coca. Asimismo, se lograron recuperar quince vehículos sustraídos de alta gama que, presuntamente, eran utilizados para el transporte de la droga, veinticinco pistolas semiautomáticas, siete fusiles, más de ochenta teléfonos móviles y siete portátiles.

Un par de horas más tarde, los antidisturbios se retiraron un centenar de metros, y los trabajadores del edificio volvieron a la puerta trasera del edificio de la empresa a protestar por lo que consideraban un atropello, mezclándose, sin saberlo, con varios mercenarios y narcotraficantes.

A lo largo de la mañana acudieron en su ayuda trabajadores ferroviarios, estudiantes de instituto, amas de casa, articulistas, profesores y empleados de Correos deseosos de mostrarles su apoyo.

Supieron, entonces, que, por orden de la policía, a la hora de inicio del segundo turno, una nueva remesa de trabajadores movilizados debía entrar para sustituir a los que se habían llevado.

Entre la multitud de detenidos se encontraban delincuentes de diferentes nacionalidades, a los que se les imputarían los delitos de pertenencia a organización criminal y tráfico de armas y de drogas. También se incautaron distintas cantidades de dinero en efectivo.

Las otras seis operaciones permitieron la desarticulación de otras organizaciones que operaban en Tenerife, Cádiz, Granada y Almería.

■■■

En esas lecturas me encontraba cuando, de repente, se oyó un ruido....

CAPÍTULO XVI

La enigmática PSO

La empresa PSO se ubicaba en el flamante edificio que se encontraba en la avenida Diagonal de Barcelona. En dicho edificio también operaban una editorial, bufetes de abogados y prestigiosos despachos de economistas.

Las medidas de seguridad se habían incrementado sensiblemente desde hacía dos días, cuando un chivatazo desde Tenerife reveló que habían sido confiscados por parte de las fuerzas de seguridad pistolas con munición, armas de electrochoque, veinte teléfonos móviles, tres USB, planos trazados a mano de la planta séptima de ese mismo edificio y un diario en el que constaban treinta nombres de accionistas.

A ello se sumaba la extraña muerte de dos científicos, y un tercero que se encontraba desaparecido, que trabajaban para esta empresa.

Aparecieron en los ascensores, con cinco disparos efectuados desde menos de un metro de distancia, todos en la nuca o en el cuello.

El escándalo fue mayúsculo; nadie podía imaginar que algo como eso pudiera ocurrir en un edificio tan concurrido.

Según fuentes de la policía, el asesinato de los científicos tenía pinta de ser un encargo, lo que dio pie a ciertas extrañas teorías en los medios de comunicación. Nunca sabremos quién filtró la información a la prensa, pero, a partir de ese momento, la tapadera de PSO saltó por los aires.

Todos los demás intentos de obtener información sobre esta empresa se estrellaron contra un muro de silencio.

En los días anteriores al asesinato de los doctores en inteligencia artificial habían sucedido ciertas cosas extrañas en Barcelona, la zona de Levante y Canarias.

Tras seis horas de extenuantes debates, añagazas por parte de la oposición para alargar las sesiones y trucos legales por parte de los juristas para acelerarlas, los accionistas de PSO votaron.

No sería fácil ni tan seguro. Cuando empezó, esta historia se antojaba definitiva para ahorrar costes.

Pero este paso no liquidaría la guerra abierta y descubierta. Quedaba por ver si la ampliaría.

CAPÍTULO XVII

Acceso denegado

You don´t have permission to access / on this server

Additionally, a 404 Not Found error was encountered while trying to use an Error Document to handle the request. Apache/2 Server at Marcelo Leopoldo Port 80

El registro en la casa, por parte de mi equipo, efectuado de un modo rápido, hábil y sin dejar rastro, presentó algunos problemas. Las medidas de seguridad eran tremendas. Aun así, en el allanamiento se ocultaron rápidamente micrófonos en las paredes, en la sala de estar, en el dormitorio y en el teléfono.

En los cajones de la mesa del despacho se encontraron señales de curiosos hábitos personales. Jugaba, acudía a clubs nocturnos, tenía queridos y frecuentaba prostitutas.

El armario contenía ropa de hombre y algunas prendas de mujer. Debajo de unas camisas bien apiladas se encontraron braguitas de seda roja adornadas con encajes. Estaban nuevas; eran lencería muy cara. También había zapatos de tacón, medias y varios camisones de encaje.

Nadie podría imaginar lo que descubrimos sobre este hombre. Su excéntrica vida no hacía justicia a sus cinematográficos periplos, por lo que será mejor empezar presentándolo.

Por lo que sabemos, empezó sus andanzas como articulista en una editorial. Era uno de esos canallas seductores acostumbrados a ponerse la gente en el bolsillo con una sonrisa y un comentario jocoso. Su aspecto le ayudaba mucho.

La información más detallada sobre sus negocios y fechorías salió a la luz a raíz de la investigación que realizaba a petición de mi cliente.

Era el cabecilla de una red de chantajes y pornografía, y tenía lazos con una red de narcos del sur de Tenerife.

Debido a su trabajo en la editorial, tenía acceso a los borradores presentados a los concursos organizados para descubrir nuevos talentos, y, con muchos sobornos aquí y allá, se apropiaba de ese material novel para traficar con las historias que plagiaba, que vendía, en algunos casos, a escritores de prestigio; en otros, él mismo los firmaba con pseudónimos, logrando así posicionarse entre los más prósperos novelistas de éxito de su país.

La lista que encontramos era amplísima. A través de esta praxis facturó unos cuatrocientos mil euros solo en un día. La trama tenía ramificaciones internacionales.

Otros documentos revelaban conexiones de decenas de personalidades con actividades ocultas al fisco y el acceso a una red de proveedores especializados en la extorsión.

También se encontró un pesado álbum, bien encuadernado, repleto de fotografías de las llamadas artísticas. Tanto las fotos como el texto a pie de página eran de una indecencia indescriptible.

Había un registro de fechas de entrada y salida, estampadas en una hoja, y anotaciones de cantidades de euros. Probablemente se trate de una lista de clientes. Por lo menos, más de trescientos nombres configuran esta lista, lo que parece indicar que estamos ante un negocio bastante rentable.

Para encontrar más pistas sobre sus actividades hay que seguir el reguero de muertos que ha dejado. Más de treinta personas de su entorno de amistades peligrosas han perdido la vida en circunstancias violentas.

Bajo su fachada elegante, se esconde un sanguinario depredador, y no cabe duda de que tenía muchos motivos para tomar precauciones.

Su seguimiento ha requerido mucha perspicacia.

Le seguimos hasta su casa e incluso hasta la editorial, y después, incomprensiblemente, le perdimos la pista. Desconocemos su paradero y aún no hemos podido acceder a su servidor.

CAPÍTULO XVIII

En memoria de otros tiempos

Un asunto sucio entre hombres escasos de escrúpulos, dispuestos a no hacer asco a ningún negocio. Demasiado sexo, alcohol, droga, impulsos asesinos, codicia, dinero y muerte.

Permanecí sentado muy quieto, mientras leía el informe de Gómez y escuchaba cómo iba deambulando la mañana, y muy lentamente fui aquietándome con ella.

Eran multitud de sociedades, trescientos accionistas, varios clientes e intermediarios y unos cuantos beneficiarios los que aparecían en los documentos de esta rigurosa investigación. La madeja de la trama era muy compleja y tenía ramificaciones en múltiples ciudades de este país.

Sabía que había llegado a donde estaba porque era un buen profesional. «Soy un superviviente en un mundo de cretinos ascendidos políticamente», me decía con un *whisky* en la mano, mientras me tomaba un respiro para continuar con aquella interesante lectura. Siempre supe que Gómez era lo mejor; el muy cabrón tenía buen olfato.

■■■

Un coche sin ninguna marca distintiva, a bordo del cual iban dos hombres, llevaba semanas siguiendo a los doctores en física, sin perderles nunca de vista, sin acercarse jamás.

Estos doctores trabajaban en la empresa PSO, en el mismo edificio de la editorial. Estaban desarrollando un nuevo programa, un prototipo de alto secreto. No se sabe mucho de ello, pero es algo extraño que operaran en un lugar tan expuesto al público, en un edificio tan concurrido.

No existe la menor duda de que había un gran interés en los diseños, actividades y progresos de estos científicos.

La empresa PSO dio mucha importancia a los repetidos allanamientos que habían sufrido en los últimos meses, a pesar de las cámaras de seguridad.

Los intrusos nunca se llevaron nada, solo dejaron rastros: vasos cambiados de sitio, ventanas abiertas y una cinta de video rebobinada y extraída de la consola.

Lo que les sucedió a estos doctores fue algo completamente extraño.

El día en que los asesinaron hubo algo más, aunque no salió a la luz.

Podría tratarse de una coincidencia, pero ese día un androide, que se iba convirtiendo en una mujer, fue visto saliendo de dicho edificio. Por las cámaras de seguridad sabemos que estuvo; luego, se le perdió la pista.

Ese día actuaron los antidisturbios, aunque, al parecer, el asunto de los científicos no fue cosa suya. Desconocemos quienes fueron los autores.

Aquel día se produjo una de las intervenciones más rápidas, sobre todo porque la lluvia incomodó a muchos de los transeúntes de la avenida Diagonal, y algunos optaron por refugiarse en el edificio y escapar lo antes posible de la intemperie.

Más de uno terminó bañado, y apaleado, pero el barullo de la gente no paró y siguió su curso. Alguien salió después, tomó un taxi y desapareció en la lluvia.

■■■

Terminaba de leer estas últimas líneas cuando alcé la vista. Entonces, de repente, como en un *flash*, vi al inspector Gómez.

El arte siempre fue motivo de disputas entre nosotros desde que nos conocimos.

Yo iba dos cursos por delante en la escuela.

Fuimos grandes amigos.

Cuando pasé multitud de pruebas de aptitud y de neuroanálisis y me encontré en disposición de poder entrar en las fuerzas policiales, allí estaba ya Gómez, en un puesto superior de la división de detectives sin uniformes.

Nadie hubiese dicho que ese hombre que se bajaba de la moto tipo *mobylette*, que se quitaba el casco, que aparcaba junto al café, que se presentaba amablemente, que sonreía y se tomaba un descafeinado con un cruasán, era el jefe de una red de contactos, espías, amigos y confidentes que ya le gustaría y quisiera para sí cualquier servicio secreto del mundo.

Para formarse como detective tienes que poder correr riesgos. Tienes que hacer algo que no le guste a nadie, que no se entienda por los cauces convencionales. Gómez tuvo la peor puntuación. Era demasiado creativo, no tenía apoyo financiero y estaba casado con un artista. Pero era el único que seguía, que se mantenía. A veces, el menos probable es el que acaba teniendo éxito.

Viéndolo acercarse a mí, no pude evitar sentir un trago de nostalgia. De esos cachivaches que se te caen en la cabeza. Por un momento, el aliento se me paralizó. Un nudo en el estómago se retorció. Era como volver al pasado, ese que tanto quería cerrar.

Es inevitable pensar que precisamente pasar páginas es uno de los negocios más lucrativos del mundo, aunque de eso hablaremos en otro capítulo.

En esas verborreas de pensamiento estaba cuando Gómez se sentó a mi lado.

—¿Como los viejos tiempos?

Siempre que pienso en aquel día, me imagino lo diferente que habrían sido las cosas de haber ido al lado derecho de Gómez en vez de al izquierdo.

Hacía tiempo que sabía que la vida es una mercancía, eso ya no lo discutía. Lo que nunca hubiese imaginado era cómo aquella investigación había desenredado un asunto de falsas identidades y un escabroso, elegante y primoroso articulista en bragas, además de redes de narcotráfico y armas. Joder, había historia, y dinero, mucho dinero.

—Mi querido maestro, los caminos del azar son indescifrables, pero el de las bragas y el dinero solo precisa seguirlo. De todas formas, lo importante ahora no es eso. La cuestión es que hay dos billones de dólares desaparecidos con un solo acceso, una junta de accionistas bajo incertidumbre bursátil y un nombre por localizar.

—Bueno, no importa si lo entiendes o no, la cuestión es que el paquete de tu cliente fue enviado a una editorial situada en el mismo lugar donde operaba PSO. Debido a un error de entrega, el paquete lo recibieron en PSO y a partir de ese momento se desencadenaron todos los acontecimientos.

—Había una clave secreta, especial. Y por lo que he averiguado, alguien o algo se hizo con ella. Seguro que hemos perdido mucho dinero, joder. Creo que al final nos la han jugado, aunque también he de advertir que hemos sabido sacar un beneficioso pastel, ¿verdad maestro?

Teníamos en nuestro poder libros de cuentas de incalculable valor, revalorizaciones de valores cotizados, informes de un floreciente negocio de compraventa de armas, documentos nacionales, cuentas en paraísos fiscales, claves secretas, dos *pendrive*, evasiones de impuestos y un listín con nombres de políticos, economistas y relevantes personalidades de este país.

Ese era el contenido del paquete que fue enviado por Juanfredo a la editorial donde trabajaba Marcelo Leopoldo. Este supo del soplo antes de que lo mataran. Pero parece que alguien más lo supo...

En esos precisos momentos, me atraganté. Tuve que admitir que, como siempre, no llegaba a entender todas las partes del puzle, aunque sí me llevase la mejor parte del pastel.

Bebía mi *whisky* Mac, dejando que ese sabor amargo me llenara la garganta. Nunca llegaría a comprender del todo las casualidades u oportunidades que se presentaban de forma a veces alocada, sin sentido, rebotadas.

Creía haber entendido a qué se refería Gómez. Él había intentado conseguir sin éxito acceder a ese servidor. Entendió la importancia de la información que guardaba, pero calló.

—Pues, más o menos, de algo de eso se trata. No me preguntes cómo, por qué, cuándo o dónde, pero ella es la clave. Al parecer, ambas se conocieron por pura casualidad. Se necesitaban.

—Digamos que esa persona encontró a tu cliente, obtuvo un cuerpo de fuente, pudo interconectarse cerebralmente y asumir su cuerpo físico, y que se ha dedicado a flirtear con ciertas sensaciones no aconsejables para estos modelos, gracias a lo cual hemos podido volver a rastrearla, ya que le habíamos perdido la pista.

»La cuestión es que tu cliente salió muy beneficiada con este asunto, pero no tenemos pruebas, y a partir de ese momento se desataron una serie de acontecimientos no del todo aclarados, interrelacionados y sin clasificar.

»Al parecer, todo está relacionado con un experimento ruso en el que algo salió mal. Se escapó. Guarda mucha información de alto secreto, y ahora mismo está fuera de control. Tan solo en ciertas ocasiones logramos interferir de manera vaga; eso es el que nos permite saber que está activa. Aunque no logramos localizarla. Es como si fuera un fantasma. Pero lo más curioso es que tu cliente también ha desaparecido.

Entonces, me volví a atragantar. No podía evitar sentirme como un idiota. Recordé cómo fui noqueado en mi oficina por aquella mujer, la cual no me pareció ningún experimento ruso. Sin embargo, no dejaba de pensar que lo de la materialización en la materia era algo que solo se veía en las películas de Hollywood.

Sin embargo, no lograba entender en qué lado del pastel estábamos Gómez y yo.

CAPÍTULO XIX

Una misteriosa desaparición

Sentado en aquel viejo café, contemplaba muy relajado el deambular de la gente. Desde aquel gran ventanal, las calles se convertían en un verdadero escenario.

Me gustaba jugar a crear perfiles de las personas que pasaban por delante de aquel café. Siempre me imaginaba por los gestos, por la vestimenta, por las prisas o por el caminar qué atenazaba a aquellos transeúntes que giraban a la derecha y luego a la izquierda, cruzaban en verde y se detenían en rojo. El amarillo era, a veces, el más insospechado.

Sin embargo, no dejaba de pensar que amarillos eran los rayos que todos los días lanzaba el sol en forma de llamarada a este planeta. ¿Cómo no quemarnos?

Distraído en mis pensamientos, no me percaté de que un hombre entró y se sentó en la barra de aquel viejo café.

El hombre, vestido de negro, con cara de gato, fijó sus penetrantes ojos en mí.

De repente, sentí un mal presagio. Instintivamente, me volví hacia la barra del bar y, como si viera a un fantasma, mi cara palideció, mis facciones se contrajeron y mis manos temblaron.

Demonios, casi nunca se me escapaba ningún detalle. Pero aquella presencia, aquel hombre en la barra del bar, sería una verdadera perdición para mí. El *whisky* de mi vaso bajó en estampida por mi garganta. En el estómago sentí un nudo, la piel se me erizó. Las contracciones, los tics, fueron para mí sentir como si la marea me tragara en un remolino desatado por mil tormentas.

No reaccioné. Aquel hombre ya estaba frente a mí. En esos precisos momentos, justo en esos instantes, una luz resplandeció y desapareció.

Aquella mañana, las horas fueron pasando y el deambular de la gente por el gran ventanal seguía siendo el mismo. Una muchedumbre se aglomeraba y luego desaparecía. Giraban a la derecha, cruzaban a la izquierda.

Y se hizo de noche, y llegó la oscuridad. Me encontraba tumbado. Cuando me levanté, me sorprendí. Estaba en un lugar que desconocía. Un manto de estrellas me envolvía; nunca había contemplado tanta inmensidad en el cielo. ¿Dónde estaba?

El olor a mar era fuerte. Apenas deslumbraban unas luces mortecinas a lo lejos. Entonces decidí seguir hacia ellas. Mientras intentaba caminar en medio de tanta oscuridad, sentí un leve flujo de aire, apenas perceptible.

De repente, lo comprendí. Ella, Evelina, debía de encontrarse en ese lugar. ¿Dónde estaría? Recordé la primera vez que la vi en mi destartalada oficina. Cómo había sido sorprendido. Evelina, que cantaba canciones de amor a ritmo de rap con una guitarra, que se había enamorado. Yo tropezaba y maldecía mientras caminaba en aquella oscura profundidad hacia un amanecer que ya no podría olvidar.

Porque aquella noche pasaría a la historia entre huracanes, rayos y tormentas. Eran aires de oeste, eran vientos alisios. Me perdí en la noche oscura. Las luces mortecinas habían desaparecido. Maldiciendo mi mala suerte, seguí sintiendo. «¡Evelina —grité—, Evelina!». Pero nadie contestó.

CAPÍTULO XX

El extraño caso del expediente 436-J

Existía un entramado de amistades peligrosas en torno a Marcelo Leopoldo, con varias derivadas judiciales que comenzaban a ser cruzadas.

La investigación de la muerte de Juanfredo el 26 de octubre la llevó a cabo inicialmente el grupo de homicidios de la comandancia de la policía judicial de la Guardia Civil en Playa de las Américas. Desde Bilbao, enviaron al inspector Gómez.

Aunque los primeros sospechosos habían sido unos drogadictos habituales, estos tenían una coartada: estaban a noventa kilómetros del lugar. El caso quedó bajo secreto de sumario. Y parte del contenido de las escuchas correspondientes a las intervenciones telefónicas y grabaciones realizadas fue desestimado por haber sido calificado por los fiscales como «carente de fundamento y sin interés policial». No se conoció su comprometido contenido hasta que Eusebio Martín reabrió el caso y le encargó un nuevo informe al inspector Gómez.

Una semana después de la muerte de Juanfredo, Kornakov apareció muerto. La investigación la llevó a cabo el grupo de la comandancia del distrito de Barcelona de la Guardia Civil y nadie conectó los luctuosos hechos, salvo el inspector Gómez.

En octubre, fueron detenidos unos mercenarios en unas operaciones contra el tráfico de drogas y de armas desarrolladas en Barcelona, Tenerife, Cádiz, Granada y Almería. Las actuaciones de estos casos se están aún investigando y no estamos en disposición de revelar el entramado de esta banda.

Tres escenarios y al menos tres tipologías distintas de delito en torno a un solo hombre libre, Marcelo Leopoldo, rodeado de varios accionistas y algunos articulistas de mucho prestigio.

Tres homicidios en una aldea remota, los tejemanejes de compraventa de historias de editoriales, científicos titulares de una investigación en un laboratorio que no vamos a nombrar y un feo asunto de narcotráfico y fotos de dudosos gusto que se descubrieron por casualidad.

Sin embargo, mientras la unidad de asuntos internos del Instituto Armado hace su trabajo y algunos de estos delitos prescriben en distintos juzgados, Marcelo Leopoldo sigue en libertad. Además, hay un sombrío mutismo sobre PSO, los accionistas de una gran editorial ven cómo ascienden sus dividendos, algunos inspectores han sido ascendidos a comisarios, algunos detectives han sido traslados a diferentes embajadas y aún se desconoce el paradero del dinero intervenido y de las dos toneladas de droga desaparecidas.

Y solo un presunto asesino y un exguardia civil han sido detenidos por el asesinato de Juanfredo y su familia. El expediente sigue bajo secreto sumarial.

Evelina cerró el informe y se quedó sentada durante un largo rato mirando el mar. Se levantó decidida y abrió el balcón. Cerró los ojos y respiró. Cuando los volvió a abrir, divisó unas pequeñas casitas blancas con luces mortecinas. Olía a sal y el cielo estaba estrellado.

«¡Qué maravilla!», pensó. Y girando sobre sí misma cogió su bolso y las llaves y bajó corriendo las escaleras en dirección a la calle. Necesitaba caminar un poco.

En la noche, en las calles, la gente camina sin apresurarse. Subir, bajar, venir, ir. Todos, antes de cruzar, miran hacia la izquierda y después hacia la derecha. Evelina dobló por la primera a la derecha, luego por la primera a la izquierda y así sucesivamente hasta llegar a uno de los centros neurálgicos de aquella ciudad al lado del mar.

Soberbias casas bordeaban una despampanante avenida llena de árboles, fuentes y focos de luces. Transeúntes vestidos elegantemente paseaban conversando. Una gama variopinta surtida de efectos. Aquel espacio era fascinante.

Evelina se acomodaba en unos de esos bancos de piedra y se pasaba largas horas mirando, notando el pulso de aquel pulmón efervescente. «¿Por qué —se decía—, por qué ha de ser un bit de vida?».

Evelina resopló, inspiró hacia sus pulmones y sintió uno de esos raros momentos en los que se oye una voz interior. «Qué importante es la capacidad de ver y sentir todo lo que te rodea. La vida habla», pensó.

Ensimismada en sus pensamientos, Evelina no se percató de la presencia de un hombre que se aproximaba hacia donde ella se encontraba. Cuando reaccionó, lo tenía ya encima.

—¡Vaya, qué sorpresa! —atinó a decir Evelina, que se levantó como un resorte, algo aturdida—. Creí que estaba sola.

El joven se limitó a encogerse de hombros y solo dijo:

—Espero que no vuelvas a echar a correr.

Evelina y el joven comenzaron a andar. Recorrieron un buen trecho, uno al lado del otro, caminando siempre en línea recta y en silencio. Entonces, se pararon y se miraron. Se sonrieron y se besaron. Pero solo por un instante. Era un beso ya dado.

Acababan de iniciar un viaje, un camino. Sus corazones acaban de hablar.

Permanecieron el uno frente al otro preguntándose qué podían decir y en qué lenguaje hacerlo. Se encontraban justo al lado de un pequeño restaurante. Y justo en ese preciso momento, en mutua sintonía, al unísono, Evelina y el joven dijeron:

—Comamos.

Se miraron sorprendidos y empezaron a reír. Entraron. De pronto, sintieron hambre y sed. Mucha sed.

Evelina y el joven se acomodaron en una mesa. Mientras pedían la carta, recordó la primera vez que lo había visto.

Tenía el torso desnudo y limpiaba el motor de un viejo escarabajo. Ella contuvo el aliento cuando, al llegar a la esquina de la calle, le vio. No creía haber visto nunca una exhibición tan clara de masculinidad.

Su aparente indiferencia, la confianza que desprendía... Llevaba despeinado su espeso cabello castaño y tenía la piel curtida. Lo observó mientras se llevaba una botella de agua mineral a los labios y bebía sediento antes de vaciársela por la cabeza para refrescarse.

Pequeños arroyos corrieron por su torso, deslizándose por sus músculos.

Recordó cómo sus ojos se encontraron, cómo se ruborizó al darse cuenta de que lo estaba mirando alelada, cómo echó a correr sin decir nada.

Y en aquel momento, sentada frente a él, se sentía como un tomate verde frito, nerviosa, excitada, en las nubes. El joven, que se llamaba Miguel, pidió los menús y las bebidas. Y con la mayor naturalidad, mientras servía en las copas, comenzó a relatarle que él era un arquitecto, que le gustaba cocinar, que le gustaba ella.

La velada había sido perfecta. Habían quedado para otro día; no se atrevieron de momento a más. Como una madeja de hilo deshicieron el camino. Volvieron a ir, venir, subir, bajar por la ciudad; mirar a la izquierda, mirar a la derecha.

Evelina y Miguel anduvieron más allá de la avenida Ramón y Cajal, hacia abajo, por el paseo de Megal, alrededor de la plaza de los Patos. En un momento dado, desembocaron en la Paz y alzaron la cabeza de golpe. Tuvieron que pararse para digerir la visión. Estaban atrapados en una historia de amor. Porque lo bello es lo que se coge en el momento en el que ocurre.

Y en ese momento Evelina descubrió que estaba viva.

Desconcertada, miró de arriba abajo, de abajo arriba, a Miguel. Tras unos minutos de sobresalto, de interrogantes insospechados, se acomodaron en un banco de la Rambla. Unos ecos lejanos de cantos de boleros resonaban en la plácida noche de la ciudad, confundiéndose con las brumas marinas que endulzaban el aire.

Respiraron, con una música de aromas perfumados que ascendían en remolinos de fragancias de jazmines, azucenas y dalias revoloteando como nubes encima de sus cabezas.

Evelina sintió una transformación interior. Pensó en su amiga. ¡Qué emocionante la vida!

Iría otra vez a visitarla. Se alegraría de verla. Ella también era una nueva mujer, con deseos, inquietudes y latidos del corazón.

CAPÍTULO XXI

En el periódico

Esta es la historia de siempre, de cómo, tras una rigurosa investigación, tras la extraña solicitud de una dama que decía ser plagiada, se descubrió cómo las editoriales del país traficaban con historias que plagiaban y vendían a escritores de prestigio.

Y de cómo todo esto llevó, a su vez, al inédito descubrimiento de dos bandas organizadas, una de las cuales directamente se relacionaba con un elegante y primoroso articulista en bragas, que traficaba con elementos de dudoso gusto y procedencia y que era un experto en el arte de crear falsas identidades de escritores ficticios.

Con respecto a la segunda banda descubierta, nos reservamos el derecho de no revelar nada sobre ella.

La lista de títulos es inmensa, y la de escritores, también.

El libro por el que se desató toda esta investigación se encuentra bajo secreto de sumario.

En cuanto a su autora, está en paradero desconocido.

La investigación sigue abierta y continúa. Seguiremos informando.